기획의 말

그리운 마음일 때 'I Miss You'라고 하는 것은 '내게서 당신이 빠져 있기(miss) 때문에 나는 충분한 존재가 될 수 없다'는 뜻이라는 게 소설가 쓰시마 유코의 아름다운 해석이다. 현재의 세계에는 틀림없이 결여가 있어서 우리는 언제나 무언가를 그리워한다. 한때 우리를 벅차게 했으나 이제는 읽을 수 없게 된 옛날의 시집을 되살리는 작업 또한 그 그리움의 일이다. 어떤 시집이 빠져 있는 한, 우리의 시는 충분해질 수 없다.

더 나아가 옛 시집을 복간하는 일은 한국 시문학사의 역동성이 드러나는 장을 여는 일이 될 수도 있다. 하나의 새로운 예술작품이 창조될 때 일어나는 일은 과거에 있었던 모든 예술작품에도 동시에 일어난다는 것이 시인 엘리엇의 오래된 말이다. 과거가 이룩해놓은 질서는 현재의 성취에 영향받아 다시 배치된다는 것이다. 우리는 현재의 빛에 의지해 어떤 과거를 선택할 것인가. 그렇게 시사(詩史)는 되돌아보며 전진한다.

이 일들을 문학동네는 이미 한 적이 있다. 1996년 11월 황동규, 마종기, 강은교의 청년기 시집들을 복간하며 '포에지 2000' 시리즈가 시작됐다. "생이 덧없고 힘겨울 때 이따금 가슴으로 암송했던 시들, 이미 절판되어 오래된 명성으로만 만날 수 있었던 시들, 동시대를 대표하는 시인들의 젊은 날의 아름다운 연가(戀歌)가 여기 되살아납니다." 당시로서는 드물고 귀했던 그 일을 우리는 이제 다시 시작해보려 한다.

기획의 말

그리운 마음일 때 'I Miss You'라고 하는 것은 '내게서 당신이 빠져 있기(miss) 때문에 나는 충분한 존재가 될 수 없다'는 뜻이라는 게 소설가 쓰시마 유코의 아름다운 해석이다. 현재의 세계에는 틀림없이 결여가 있어서 우리는 언제나 무언가를 그리워한다. 한때 우리를 벅차게 했으나 이제는 읽을 수 없게 된 옛날의 시집을 되살리는 작업 또한 그 그리움의 일이다. 어떤 시집이 빠져 있는 한, 우리의 시는 충분해질 수 없다.

더 나아가 옛 시집을 복간하는 일은 한국 시문학사의 계통성이 드러나는 장을 여는 일이 될 수도 있다. 하나의 새로운 예술작품이 창조될 때 일어나는 일은 과거에 있었던 모든 예술작품에도 동시에 일어난다는 것이 시인 엘리엇의 오래된 말이다. 과거가 이룩해놓은 질서는 현재의 성취에 영향받아 다시 배치된다는 것이다. 우리는 현재의 빛에 의지해 어떤 과거를 선택할 것인가. 그렇게 시사(詩史)는 되돌아보며 전진한다.

이 일들을 문학동네는 이미 한 적이 있다. 1996년 11월 황동규, 마종기, 강은교의 청년기 시집들을 복간하며 '포에지 2000' 시리즈가 시작됐다. "생이 덧없고 힘겨울 때 이따금 가슴으로 암송했던 시들, 이미 절판되어 오래된 명성으로만 만날 수 있었던 시들, 동시대를 대표하는 시인들의 젊은 날의 아름다운 연가(戀歌)가 여기 되살아납니다." 당시로서는 드물고 귀했던 그 일을 우리는 이제 다시 시작해보려 한다.

중독

문학동네포에지 079

김박은경 시집

중독

사랑해 아니 천만에

시인의 말

어떤 식으로든 무엇에든 사로잡혔다. 그것은 초콜릿이었다가 옷이었다가 책이었다가 감정이었다가 상태가 되었다. 구체적인 것에서 그렇지 않은 쪽으로, 쉽고 간단한 것에서 그렇지 않은 쪽으로 옮아가는 이것은 중독의 스펙트럼 중 자외(紫外)일 것이다. 중독은 그것 하나에 전부를 거는 위태, 그것 외의 여지를 잃는 상실. 심정들 속에 있는 그것에 대해 쓰고 싶었다. 가장 원하는 것이 가장 더디게 온다면, 가장 원하는 것을 가장 원하지 않는 식으로 원하자는 멋대로의 술책을 내기도 했는데, 실은 이제 그것이어도 좋고 꼭 그것이 아니어도 좋고, 그때여도 좋고 꼭 그때가 아니어도 좋은 쪽으로 기울어지고 있다. 이 또한 느린 중독의 한 유형일 텐데, 당신은 어떤가.

2013년 3월
김박은경

개정판 시인의 말

살았던 생을 다시 사는 것 같습니다. 같은 경험과 같은 실수에도 번번이 놀라고 실망하면서요. 그렇게 조금씩 잘하게 되는 거라 기대하면서요. 오늘 밤 초승달 곁에서 빛나는 저것은 금성, 처음인 듯 아름다워서 두근두근. 이 행성이 맹렬히 돌면서 달려나간다는 것, 똑같아 보이지만 다른 지점을 향한다는 것. 우리의 삶도 이 시집도 그와 같다는 생각에 또 두근두근, 그러다가 이내 고요해집니다.

고맙습니다.

2023년 여름
김박은경

차례

3부 입술이 입술인 것을 잊지 않을 때

1부 두 입술의 효용

리미티드 에디션

통화중인 명품 실리콘이다 출렁거리는 마놀로 블라닉이다 빛나는 샤넬 리미티드 에디션이다 임계까지 보톡스다 거꾸로 달려가는 여우다 춤추는 노란 머리 레게 스타일이다 피어싱한 입술의 코카콜라다 속성 발효중인 근육 속으로 팡팡 터지는 힘줄들이다 권총과 해골의 타투다 금발의 늑대 본좌다 동물적 본능의 타이밍이다 오른쪽 왼쪽 오른쪽 야릇하게 흔들리는 길고 흰 꼬리, 손가락을 들어 프리덤을 우주로 날려주는 웨스트사이드 힙합 센스다 하나둘 하나 잽싸게 구르는 지구다 변종의 히어로, 발톱과 발성의 발정이다 무국적의 혼종이다 오, 마이 허니 러버 그렇고 그렇지 백미처럼 흰 토끼 새끼다 토끼똥처럼 발사하는 붉은 눈알들이다 쉴새없이 쏟아지는 신상 해골들이다 얽히고설킨 꼬리들이다 놀라 떨어뜨리는 신형 폰이다 나뒹굴어 쪼개지는 세계적인 사과 반쪽이다 베어 물기도 전에 닮고 닮은 에디션, 여우와 늑대가 만나 토끼를 낳다니 평화로운 비둘기 가족이라니 다 함께 붉은 발을 들어 중얼중얼, 구구(求求)다

고양이 수프 깡통

보이지 않는 것에 더 홀려
떨림은 진짜일까 멎은 이 심장은,
그 눈 보는 거니 고양이 같아
키스할 때 지금 여기 있니
사랑할 때 너 누구니 대체

통조림 뚜껑이 열리면서
식탁 위의 집 한 채가 무너지면서
퉁퉁 불은 발목이 떠오르면서
이국의 향료들이 풀려나면서
사연은 끝도 없이 반복되는데

애인은 야옹야옹 후회해
남은 깡통은 여덟 마리
라벨에는 모월 모일의 신탁
어떤 질문을 한다 해도
같은 답을 하게 될 거야

무균 포장된 우리 운명은
결말을 위한 막무가내의 완벽
고양이 수프 깡통은 특별한 한때의 고양이
빛나는 털도 재채기도 간지러운 애무도
할퀌도 없이 묽어 의심스러운 국물

먼지 쌓이고 녹슨 알리바이가
찌그러지고 무너지는 폐점 전까지
아무렇지도 않은 척 그렇지도 않은 척
무림의 고수가 와서 타검(打檢)한다 해도
낡은 깡통을 짊어진 채 제법 고요한

허전(虛傳)하는 고백

당신이 죽어버렸으니 이제는 사랑해 눈물 대신 침을 뱉지 무심한 척 떨어지는 눈물 아니 침, 이건 어쩐지 세례와도 같아 재빨리 짓이기면서 사랑해, 무거운 양팔을 들어 식어가는 몸을 안으면서 언제 우리는 우리였을까 물을 때 과거는 미래로 돌아온다

생각해선 안 될 일을 생각할 때 한 번, 할일을 생각하지 않을 때 또 한 번 잊지 않도록 칼 금 그어주기 손목 위로 붉은 테가 늘어날 때 고통은 싱싱해지고 거짓말들은 풍성해지고 빛을 향하는 실금들은 완결을 향해 떨리고

뭉툭해진 칼날을 바꿔 끼우면서 슬픔 없이 나른한 눈물을 흘리면서 몸통이 심장으로 차오르면서 굳어가는 가슴을 붉은 팔로 껴안으면서 조금 더 큰 고통을 소원하면서 금세 사라질 이름을 부르면서 금을 하나 또 그으면서

4월 1일

무덤 위에서 해봤어? 등을 받쳐주는 둥근 체위 스커트 물들이는 풀빛 위로 해를 가리는 새떼들 위로 빠르게 그어지는 비행운 위로 너무 환해 볼 수 없는 햇무리 위로 뻥 뚫어진 허공 위로 하염없는 순간, 맞춤한 이 가봉으로 뭘 만들 수 있을까 모르지만 한 번의 이 옷을 나는 사랑해, 사랑해 헐떡이며 가윗밥을 넣었지 그게 아니라면 완만한 주검에 주름졌을 거야 바늘땀 사이 삭아가는 옷깃이 보였을 거야 심장에서 모든 게 생겨난다 했지 심장에 가닿는 핏줄, 핏줄에 이어지는 장기들, 싱싱한 이 심장을 네게 바칠까 해 그런데 심장은 어디서 오니 심장의 심장은 어디서 오니 콧구멍에 마늘 박은 채 춤은 어떻게 추니 뜨거운 키스가 어떻게 가능했던 거니 입술도 없이 빨려들어가는 시간, 출렁이는 무덤 위 우리라는 이 만우(萬愚)

집, 밥, 까마귀

선박들의 무덤인 방글라데시 치타공(Chittagong)에서
2만 톤, 4만 톤 하는 배들이
철덩어리로 변해가는 동안
더러운 변기와 세면기
낡은 전선이며 전구 한 알까지
살뜰하게 빼내어 닦이는 동안
까마귀들은 철사를 물어
집을 짓는다

찌는 볕이 선박 해체공들의 흉터를 달굴 때
열두 살 에끄라믈이 쇠줄을 끌 때
튀어오르는 철판에 발목이 날아갈 때
칼날 같은 앵글이 뇌를 관통할 때
뻘밭이 피바다가 될 때조차,
허기는 어김없어 시커먼 손가락에 남은 카레 국물을
츱츱 소리 내어 빨아 마실 때
집에 있는 눈먼 아기는 자란다

아주 사라지지 않는다는 건
이 바닥의 오랜 궁리(窮理)
그러니 빗방울은 카레 국물은 까마귀 오줌은
아기의 눈먼 눈물은 따뜻한 이 살은
살에 살을 기대어 자라며
살아남기를 골똘하고 있으니

철사를 물어오는 까마귀 부리도
캄캄한 아기 눈동자도 분주하다
살아남으라고 앞에 놓인 그것을 삼키라고
뜨다만 수저 속의 아침이 소란하다

파이 소녀

계단 오를 때마다 파이를 생각해
부푸는 몸 위에 박아 버린 교복 치마 찢기는 소리 명랑해
끝을 알 수 없어 매력적인 게 파이라면
끝을 알 수 없는 삶도 파이겠지

교복이라 뜨겁게 팔려 미적지근하고 비린 대가(代價)를 들고
패밀리 마트 갈까 패밀리는 안 팔아요, 나는 뭐랑 패밀리 할까
삼각김밥은 어때 딸기우유 팬티스타킹 레종과 콘돔은 어때

포장을 풀자마자 삼각은 풀어져
딸기 없이도 딸기맛은 완벽해
뾰족한 딸기밭에 먹구름 폭풍우
나머지 일들에 대해서는 말하지 않을래

검정 비닐봉지 부풀어 날아도 나비 나비
어른들은 모두 철학하는 인간,
말할 수 없는 것에 대해서는 침묵합니다*

직전과 직후 중 어느 쪽이 좋을까요
어느 쪽이 파이로 자라날까요
대답 없을 때 영원은 자란다

어제의 화장에 덧칠한 오늘의 화장
그 위에 어떤 문신 할까 파란만장은 새로울까
문양은 점점 더 복잡해져요

날고 싶어 날마다 날고 싶어
떠다니는 씨앗을 얼마나 삼킨 걸까
욕할 때마다 구토할 때마다 꽃들이 튀어나와
이미 꽃밭이 된 걸까요, 나는
점점 더 침묵입니다

* 비트겐슈타인.

고수부지 언더그라운드

맹목이 아닌 적 있니 극단이 아닌 적 있니
부드러운 온몸을 뿔 삼아 직전(直前)마다 뚫는구나, 이 지렁아

오늘 치 소임은 여기까지
강하게 단단하게 한 치 더 키운 스펙을 고쳐 써넣는 일이니
이제 뒤끝 없는 방문을 걸어 잠글 차례
길고 음탕한 시를 읽기 시작이다
그것은 시간의 주름들로 지어졌으니
꿈에라도 다른 꿈꾼 적 없는 순결한 물방울들의 기록과
흙덩이를 삼키고 낼 뿐인 진저리들의 이력이니
그걸 듣는 오늘의 인형은 착하기도 하지 졸지도 않고
진초록 서클 렌즈에 매달린 눈알을 휘황한 척 켜둔 채
낙타털로 만든 속눈썹에 마스카라를 덧칠하며
푸딩처럼 부드러운 속살을 친절히도 열어 보이니
큰물이나 나야 간신히 잠겨 물맛을 보는 목을 축이는
고수부지 한 뼘 땅바닥으로 어서 기어봐 핥아봐
지렁아, 이 말라비틀어진

이따위 저따위는 되지 않기 위해 전력질주한다 해도
언더그라운드일 뿐이야 그래도 어쩌면 어쩌다
한판 뒤집히는 순간이 올지 몰라
그날이 오기까지 외로움에 지지 않기 위해

패배감 따위에는 더더욱 지지 않기 위해
일하고 그거 하고 일하고 잠잔다, 꿈은
모르겠다

외피족(外皮族)

다 어디들 갔나, 가긴 어딜 가 아무데도 안 갔어, 이를 너무 악물다가 두 입술의 효용을 잊었을 뿐, 끼리끼리 모여 순혈의 내강(內腔)을 이루는 동안 세간의 골수를 줄기차게 빨아대는 동안 휩쓸리지 않으려고 부끄럽지 않으려고 어떻게든 분간하려고 애쓰다 굳어버린 아웃사이더들, 거칠어졌지 낮은 점수로 받쳐주는 아이들처럼 가장 바깥 저 아래서 단단해졌지

바람도 태양도 쉴새없이 몰아쳐 숨이 턱턱 막히고 피가 타오르니 심장을 꺼내 나뭇가지 높이 걸어두었지 누군가 앉았던 자리에 앉아 누군가 먹던 수저로 까마득한 허기를 채우더라도 딴따라처럼 즐거워하는 버릇은 잊지 않아 노래하는 틈틈이 숨 찬 휘파람도 멈추지 않아 희망이라니 그런 건 궁금하지 않아, 기적 따위 바라지도 않아

사랑이 시간을 삼키고 시간이 사랑을 삼켜도 점점 세지는 상처들로 아무렇지도 않으니 네가 무슨 고백을 해도 괜찮아 놀라지 않아 아프지 않아 슬프지 않아 아니, 웃기지도 않아 껍데기는 자라니까 향하니까 멈추지 않는다 심장이 바깥에 있으니까 잃을 게 없어 무서울 게 없는 우리는 사람, 끝까지 살아 있는

열광하는 너와 나

부를 때마다 달려가 기꺼이 몸을 열어 사랑해
눈물이 핑 돌 정도로 명랑해 의심도 질문도 없어

배가 고파 조금 핥을 때 으음 했던가, 아악 했던가
고양이가 뛰어내렸어, 죽어 떨어졌던가

목이 길어져 더는 늘어나지 못하는 스프링을 좀 봐
저 끝에 대롱대롱 매달린 머리통을 좀 봐
언제부터 꼬리로 물음표를 만들며 놀았지?
네 개의 발로 어떻게 안았을까?

믿지 못하겠어, 믿지 못하겠어?
묻지 않았어, 묻지 않았어?

검은 우산을 쓰고 돌아올 때까지 이상한 밤이야
누군가, 누군가?

고인 얼굴을 물웅덩이에 비추어보도록 아름다워
머리통을 잡아 배에 갖다 대고 따뜻해지도록 그리워

한순간도 잊지 않아
내가 너라는 걸
안녕, 안녕?

구강

자꾸만 못하게 하면 정말로 삼켜버릴 테다
네에, 다짐은 단단한 뼈대에 질긴 힘줄을 감고 있다
삼켜지지 않는다 잘라지지 않는다
애도가 그렇게 간단할 리 없다
이것은 젖어 붉고 붓고 너덜너덜하다
이것은 그것이 아니지만 이렇게라도 해야 산다
살겠다, 궁금하지는 않겠지 너는 거기에 없다
이것의 줄기들의 꽃들의 열매들의 들끓는 씨앗들의
이유 같은 것도 궁금하지 않겠지 이것은
이상한 맛이 난다 이상한 소리가 난다
입술의 시간 사타구니의 시간 발바닥의 시간
얼마나 더 빨아대면 찾을 수 있을까 이토록
이것에 매달리는 최초를 이것이 없던 최후를
내가 알고 있는 기억이란 손가락을 빠는 일
내가 해야 할 일이란 손가락을 빠는 일
한없이 그럴 때면 확연히 확연해진다 확연하다
네에, 대답들이 손가락처럼 길쭉해진다
내가 너를 열어줄 거야 떠밀려들어올 때
나는 네에, 떠밀고 나갔다 씨앗들이 퍼져나갔다
이상하게 캄캄한 데서 더 이상하게 캄캄한 데로
한 번도 처음에도 손가락을 빨고 있었다
목구멍 속의 구름을 휘저었다 태양을 헤집었다
손가락 가득 주술을 그려 넣은 족장이었다
손가락으로 비를 불러오고 바람을 불러왔다

밀림의 목구멍을 넘어 기억의 줄기 끝까지 닿았다
폭우로 모든 것이 떠내려오기 시작했다
없는 게 없는 강줄기 속에도 너는 없다, 알겠니
손가락을 빨아가며 점점 다른 것이 되어갔다
다른 혀가 되어갔다 다른 목구멍이 되어갔다
점점 다른 꽃들이 다른 꽃으로 번져갔다 나는
이것을 잊어버리지 않기 위해 이것을 멈추지 않는다
엄지손가락을 정면 삼아 미친듯이 빨며 간다
붉고 긴 꽃 대궁들 얼기설기 이어져 뜨거운 길을

바늘 끝

내게 당신을 꿰어줘
당신이 쉽도록 내 몸은 거대하고
당신에게 꼭 맞도록 내 몸은 다시 좁을 거야

좁은 몸이 뚫고 들어가는 좁은 문으로
현실과 가상의 서사가 이어질 때
쌓인 시간들과 밀려오는 시간이 이어질 때
단단하다 믿던 바닥도 놀라 움찔하겠지

한 구멍 뚫을 때 한 구멍씩 메워지니
텅 빈 데 없이 매끈한 위로
바수어진 기억들 하나도 흘리지 않고
물처럼 흘러 시내 강물 큰 바다에 가닿으니
기쁨과 아픔 같은 거 다 함께 찰랑거릴 거야

선명한 표면을 직통해서
불안한 배후에 닿는다는 건
한 술의 밥이 삼킨 삶과 죽음 같은 것

다할 때까지 한 땀씩
살아 있는 한 끝까지
간다, 가고 있다 하면서

안개처럼 가없는 덮음이

어리고 시린 것 위로 내려앉는 거 본다
한순간도 바늘 끝 놓지 않고
전부를 건다

나는 새는 11월

나무들은 기척 없이 남은 잎을 떨어뜨리고
연인들은 커피가 차갑도록 이야기를 하고
청소부는 떨어지는 낙엽을 쓸고
아이들은 죽은 새를 발로 차며 놀고

돌아오지 않아도 괜찮아, 괜찮다니까
유리창을 향해 달려드는 작은 새
식어가는 날개를 감싼 채 나는 달리고
들을 수 없는 음역으로 울음은 새나가고

문은 있고 창은 없던 마음을 뭐라 부를까
천정은 있고 바닥은 없던 기억을 뭐라 부를까
다른 손이 난간 아래 난간 위에 다른 자리에
들어오라고 할 때까지 들어갈 수 없잖아

여섯시에 만나요, 여섯시가 될 때마다 여섯시는 사라지고
서쪽의 문을 위해 서쪽으로 자라던 나무는 사라지고
거머리 가루처럼 길고 질긴 습(習)이 들어
생각할 때마다 얼마나 까마득해지는지

우리는 한 사람이기도 하고 두 사람이기도 하고
밝히는 건 낙엽이기도 하고 새이기도 하고
가는 가을이기도 하고 오는 가을이기도 하고

모든 것이기도 하고 아무것도 아니기도 하고

앵무조개 무늬는 한번 더 아름다워지고

밤의 진실과 낮의 진실이 다르다면
진실이 아니어도 어쩔 수 없다면
우리는 있었던 적이 없어지는 사람들

단 하나의 비밀이 광장의 단두(斷頭)처럼 내걸렸으니
명백하고 강력한 슬픔으로 몸은 깨지고 입은
지워지기 시작했다

당신이 했던 그 말은
당신의 그녀가 했던 그 말은
또 누군가 누군가에게 했던 말이라는
바로 그 말은 앵무조개만큼
까마득한 구전(口傳)

다 잊었던 일을 몸이 기억해내듯
차갑고 깜깜한 슬픔을 견디려
애써 외웠던 것뿐이니

황홀하고 불안하고 기어이 아무것도 아니다
알게 된다 돌아간다 옳다
두 번 다시는

모든 것을 천천히 기억해내면서
더이상 아무 말도 하지 않는다

차마 할 수 없을 것 같던 이별을 만들고
우리는 잠시 행복해진다

우주 마루

비틀스가 쏘아 올린
〈Across the Universe〉를
듣다 생각하다 잠든 밤,
이 떨림이 북극성까지 닿으려면
431광년이나 걸린다는데

아이 옆에서 쪽잠 든 채 가위눌릴 때
별들이 내달리는 소릴 낼 때
시커먼 별의 죽음 속으로 뛰어들 때
괜찮아요 괜찮아, 놀라 깬 아이가
내 손을 잡아주는데
이건 오래전의 엄마가
마루를 건너와 해주던 말

빛의 속도로 달린다 해도
가닿을 수 없는 경계
빛의 속도로 뒷걸음질 친다 해도
가닿을 수밖에 없는 경계

어떤 마루는 북극성보다 더 먼데
아이는 어쩌면 이리도 푸르고 무성할까

아이의 고른 숨소리와 없는 엄마가 함께하는
괜찮아요 괜찮아,

이 따스한

그치가 갔다

덩치가 산 같던 그치가 갔다
떠들며 라면 곱빼기 먹다가 갔다
또 저 짓이야 박장대소 하는데 갔다
그만해 숨넘어갈라, 하는데 갔다
부드러운 면발이 기도를 막는 순간
한번 신음도 할 수 없던 순간
양은 냄비 뚜껑이 나뒹굴었다
늘어진 추리닝으로 국물이 쏟아졌다
창밖 자목련 꽃덩어리가 툭 졌다
뚱보 코미디언 슬랩스틱처럼 싸구려 하이라이트처럼
그치, 그치 웃다가 웃기려다가 약간 웃기다가
곡도 없이 젖은 향의 허리가 툭 부러졌다
다섯에서 멈춘 마흔 살 친구들
떼로 와서 떼썼다 컵라면 더 주세요
삼 분 맞지, 그치

끝

7월 어떤 하루, 터진다 나온다 첩첩의 말들 쏟아지며 끝없다 그러나 아니다, 수풀 깊을수록 아슬아슬하여 끊기고 또 끊기니 끝인가 아니다, 심장뿐인 몸이 숨죽이며 최종(最終)을 더듬으면 아니다, 풀린 마법 다시 시작이니 온통의 울림통이 내지르는 소리 점점 크게 더 크게 열린 틈을 채우니 소리뿐인 몸은 그것만을 위해 살아왔다는 듯 시들한 나무의 물관까지 되끓이고 있으니 끝없이 뜨겁게 아니다, 그러다 9월 모일 모시 닥치면 아니다, 아니어서 다시 돌아오지 않으니 모든 끝의 방식이 한결같으니 직전의 말조차 기억나지 않는다, 아니다

따스한 등뼈

다만 살기 위해 그대는 걸어가네
흘러온 물줄기와 흘러갈 물줄기,
섞이며 길을 트는 깊은 물빛 속을 헤매네

검은 얼룩이 푸른 멍이 되고
푸른 멍이 붉은 상처가 될 때
그대가 처음 사랑에 눈떠 눈이 멀 때
순한 마음이 꽃 머리처럼 천천히
환함을 향해 구부러질 때
함께 휘어졌을 등뼈

계단을 오르네 망루를 오르네
지축을 흔드는 소음 속
한 걸음씩 옮길 뿐이네

그대가 뭉쳐낼 우주와
그대가 이뤄낼 일가를 지나
꽃들이 꽃피우는 법을 알아내기 전에
새들이 발톱 달린 날개를 퍼덕이기 전에
먼지뿐인 우주 속 작은 먼지인 그대가
얼굴 없이 떠다니던 때를 지나
시간은 거꾸로 흘러가고만 있으니

시원(始原)의 먼지들 고요하고 단단하여

그대도 나도 우리들의 꿈도
이미 다 이룬 것과 진배없으니
이후로는 떨어질 일도 불탈 일도 사라질 일도 없으니
따스함이 이제야 온밤을 다 덮을 것 같네

희디흰 그대 등뼈들
쌓인 눈 위로 또 내리고
얼음을 풀고 나온 공기방울들
만장을 따라 흩어지고

오늘의 일기

따귀를 한 대 갈기다보면 안고 싶고 이제 그만 안녕, 하다보면 어머 안녕, 하고 싶고 어떻게 그럴 수 있냐고 하다보면 어쩌다 그럴 수도 있을 거 같고 셀 수 없이 많은 이유들을 대려면 셀 수 없이 많은 핑계가 생겨나고

진실처럼 보이는 진실과 진실인 진실, 고통처럼 보이는 고통과 고통인 고통, 죽고 싶다 말하지만 정말로 죽고 싶지는 않고 살고 싶다 말하지만 정말로 살았던 적 없고, 죽고 싶은데 누가 자꾸 살려놓는 거니 살고 싶은데 왜 목을 조르는 거야 이렇게 살 수는 없잖아 아니, 이렇게라도 살아야 하는 거 맞잖아

고백은 뻔해서 아무도 안 믿는다 유서는 약발 떨어졌다 울고 소리쳐도 벽에 머리를 박아도 달라지지 않는다 높은 데서 떨어져도 괴물처럼 살아날 거다 그래도, 어이없이 간단한 끝은 올 거다 온몸 실밥 풀리면서 움켜쥔 시간들이 터져나올 거다 운동회 날 터지는 박처럼 막무가낼 거다

우리는 심기증 환자, 한순간이면 고통도 황홀도 감쪽같겠지, 하는 수 없이 죽어가면서 하는 수 없이 너만 사랑해 오른쪽과 왼쪽 눈이 천지간만큼 벌어져 분간 없이 애매한 거리를 더듬으면서 오늘도 쓴다, 모르겠다고

얼마나 더한

칠흑이 올 때까지 어둠은 어둠을 얼마나 파고드나
죽음이 올 때까지 아픔은 아픔을 얼마나 파고드나

강이 마를 때까지 햇볕을 파고드는 햇볕
강이 넘칠 때까지 빗방울을 파고드는 빗방울

집이 사라질 때까지 넝쿨은 넝쿨을 파고들고
돌을 삼킬 때까지 이끼는 이끼를 파고들고
모래 더미 사라질 때까지 바람은 바람을 파고들고

심은 적 없는 꽃이 필 때까지 마음은
믿을 수 없는 끝장까지 미움은
꿈이 분노가 되도록 희망은
끝도 없이 제 속을 더 파고드니

직전들이 아무것도 아닌 게 될 때까지
더한 것들은 얼마나 더하는지 더 오는지

또 누가 눈멀어 없는 문을 두드린다
또 누가 열린 문에 갇혀 운다

도착(倒錯)*

종로 3가 심야극장쯤에서 함께 영화를 봤다고 해두지
이미 없는 그를 위해 내가 대신 해주었다고도
이미 서지 않으니 더는 서지 않는 것, 하고 말했다고
이미 젖지 않으니 더는 젖지 않는 것, 하고 답했다고
그의 속삭임이 먼지처럼 떠다녔다고 해두지
잠들어 있으면 더는 잠들 수 없어

꿈꾸려는데 뤼미에르씨가 무대 인사를 했다고 해두지
그가 아니었다면 나는 허공을 향해 입 벌린
두루마리 휴지가 되었을지 모른다고
영화 속 열차가 벽에서 튀어나와 검은 산통은 박살났다고
뽑을 수 있는 괘는 정해져 있으니 긴장할 필요는 없었다고
뤼미에르씨가 우리의 관계에 대해 물었다고 해두지
우린 이미 없으니 끝까지 없을 텐데요

우리들의 중심에 대해서도 궁금해했다고 해두지
언제나 중심은 서지 않는다고 젖지도 않는다고
휴지의 중심처럼 텅 빈 거라고
텅 빈 채 온통을 감싸는 거라고

스크린을 등지고 선 얼굴이
손잡이 달린 둥근 흑점처럼 보였다고 해두지

태양과 한 방향으로 돌며 전방이라 믿는 걸 보니
그와 나와 뤼미에르씨 모두 흡사(恰似)일 거라고

기괴한 사정의 빛 속에서 필름은 밤 내내 돌아갔다고
빛을 얻은 어둠이 흔적 없이 사라질 때까지
열차는 자꾸 도착만 했다고 출발 같은 건 없었다고
그때 그 자가 한번 더 해줄 수 없는지 물었다고 해두지
그 말을 하는 입이 녹기 시작했다고

그러려면 영화를 처음부터 다시 봐야 하는데
내일과 다음 생 중 어느 것이 먼저 올지 나 역시 모르는데
둘러선 악령들에게 제대로 인사도 못했으니
그건 좀 어렵겠다고 말할 때 텅 빈 눈동자가
글썽거리기까지 했다고 해두지
만나기를 고대하는 한 우린 절대 만날 수 없을 거야

그렇다면 우리는 어디서 와서 어디서 끝나는 거냐고
어디에 있고 어디에 없는 거냐고
결론은 항상 똑같다고 중얼거린 걸로 해두지

텅 빈 중심에 전언들이 가닿으며 만드는 동그라미
동그라미들이 퍼져가며 만드는 동그라미
한 먼지가 다른 존재에 닿을 때마다

점점 더 크게 비는 중심의 동그라미

먼지들은 흑점으로 뭉치지만
그 내부는 어둡지 않을 거라고
화인 같은 기억 탓에 선연할 거라고

그러니까 우리들은 제때에 영원히 오는 거라고
풀린 휴지 끝을 감을 때
아침이 똑같은 자리로 되돌아왔다고

* 열차의 도착: 뤼미에르가 만든 영화이자 최초의 영화 제목.

불행(不行)

지구를 2,570바퀴 돌고도 정처를 얻지 못했지 스푸트니크 2호에 혼자 탄 암캐 라이카, 아무리 짖어도 답이 없었겠지 대기권에서 불타 사라질 결말은 몰랐을 거야, 안다 해도 뭘 할 수 있었겠어 검은 허공에 둥둥 뜬 지구를 보며 거대한 푸른 공을 물어오고 싶어 진공의 심정으로 컹컹 짖었을까, 마지막에 뭘 했을 거 같니 애매한 미소의 신들이나 거룩한 안녕의 교관이라도 보았을까 냄새였을까, 공포로 부푸는 오물 틈에서

어두운 골목을 지나는 소녀들, 출몰하는 악귀들과 맞닥뜨리니 한 골목을 온전히 빠져나간다 해도 더 어두운 불길(不吉)들이 입을 열고 있으니 라이카보다 애쓴다 해도 집으로 돌아갈 길이 없어 두렵도록 흰 마음들은 찢기고 더럽혀지고 절명의 순간 침묵마저 틀어막혔으니 어미들의 울부짖음도 차마 들리지 않는 천지간으로 짐승들의 냄새만 창궐하니, 숨구멍마다 발이 빠지는 이 함정이 진공보다 더하니 왜 더

북해

누군가의 밥, 누군가의 독
누군가의 꽃, 누군가의 곱
누군가의 궁, 누군가의 옥
누군가의 눈, 누군가의 밤
누군가의 발, 누군가의 손
누군가의 곧, 누군가의 끝
누군가의 숨, 누군가의 꿈
누군가의 땀, 누군가의 피
누군가의 방, 누군가의 묘

단 한 번으로 전부가 된다면 무엇이었을까 우리는 무엇이 될까 더 사랑하는 사람이 쓰다듬는다 누가 누구를 쓰다듬었나 단 한 번, 파도가 모래사장의 빛나는 뺨을

2부 검은 눈 검은 입술 검은 혀, 응

봄, 눈

이렇게 당신을 안고 있는 동안 뭔가가 왈칵 빠져나가는 동안 사랑해, 영원을 불러내는 동안 머리 없는 조각상 위로 눈 내리는 동안 입술 따뜻해 피 더 빨리 도는 동안 잠시의 흰 이마 녹아버리는 동안 깊은 물로 떨어진 캄캄한 구심으로 둥글게 도는 물고기들 지느러미들 간지러운 눈썹들, 맞닿은 가슴으로 구멍은 자라 손가락으로도 손목으로도 막을 수 없을 때 4월의 눈발 쏟아져 사태 나는 소리 더 깊은 데로 내려앉는 소리, 우리들 빨리 변해 희미해 흔적 없어 다시 시작해도 처음은 없어 울음도 한탄도 악몽 뒤에 없으니 얼마나 다행이야 그렇지 않니, 태생이 어족인 당신 음성도 눈물도 알아차릴 수 없으니 차가운 벽에 머리를 짓찧어도 뚫고 나갈 길이란 없으니 모든 향이 재로 변하는 게 얼마나 다행이야, 휘파람은 약속은 기억은 눈은 4월은 또 얼마나

독순(讀脣)

웃는 척해봐 기쁜 척할게
우는 척해봐 슬픈 척할게
좋은 척해봐 즐거운 척할게
죽은 척해봐 죽는 척할게

조금만 더 하면 서커스에도 나갈 거야
새처럼 눈을 동그랗게 뜨고
단번에 사라질 수 있을 거야
색종이 꽃송이들이 돌연 황홀할 거야

배달 치킨 한 박스에 닭 목이 왜 셋이지
닭인지 비둘기인지 어떻게 알아
부리로 변한 입술을 어떻게 읽지
박스 안에 대가리는 없다고 했잖아

진화에 대해 생각하는 척해봐
신화에 대해 생각하는 척해봐

삶의 진화는 죽음의 진화는
시작의 진화는 끝의 진화는
사랑의 진화는 이별의 진화는
신화와 순서만 바꾸는 거였니

말하지 마 생각하지 마

그냥 따라 해, 꼬꼬댁 구구

닭을 새라고 우기는 버릇 좀 고쳐
비둘기를 튀겨 먹는 식성 좀 고쳐

게임은 규칙이 중요해
게임은 순서가 중요해

다음은 네 차례야
대체 지금 뭐라는 거니

빨간 인형은 인형을 안고

어리석음이 유행처럼 번질 때였지 아프간, 콩고
또다른 어디선가 한때의 점령군들
증오와 애국심으로 빨간 인형을 만들었다 했어
제작법은 간단해서 소녀들을 잡아 힘을 합해
쩍쩍 갈라놓기만 하면 된다는 거야

풀숲에서 떠는 숨구멍마다 옹이가 되고
몸 위로 나무껍질 뒤덮이니 한 바람 지나는 사이
소녀였던 나무토막들 숲길을 뒹군다 했지

인형 귀는 나무 귀, 들을 수 없고
인형 눈은 나무 눈, 볼 수 없고
나무 심장은 전처럼 떨 수 없다 했지

적군의 아이를 낳는 인형도 온통 뻥 뚫려버린 인형도
나무로 만든 팔다리로는 사라질 수 없다 했지

인형이 인형을 낳을 때 어린 젖을 물려야 하나
울기 전에 비닐봉지를 씌워야 하나
생각조차 멈춰버렸다 했지, 그땐 나무였으니

모두가 견뎌야 하는 지옥으로도 해는 날마다 떠올라서
아이는 인형을 안고 인형은 아이를 안고
순정하게 씻은 몸에 잘 마른 새 옷을 입고

부는 바람 말간 볕에 젖은 머리 말리고 있지

지금 이 순간 이토록 평화로우니 어딘가 어떤 거대한 손이 있어
빨간 인형과 인형의 머리를 가만가만 쓰다듬는 것만 같지

그 모든, 그럼에도 불구하고 너는 이토록 살아 있으니
시간이 흐르면 흐를수록 더 많이, 영원히
너를 사랑해

나는 11월에 태어나

아빠의 엄마가 나를 낳으니 할머니가 내 엄마라면 아빠는 내 형
아빠 애인이 내 엄마라면 할머니는 내 할머니
할머니가 나를 낳아 친엄마라면 아빠 애인이 내 양엄마
머릿속 양 한 마리가 백 마리 백만 마리
냄새들이 부풀고 양털 뒤엉키면 풀어줄 거니 아니 잘라줄 거니
형이니까 형은 그후로도 오래오래 내 아빠니까 우린 패밀리니까
뒤로 할 때 아파도 좀 참아 아빠가 형이니까
키스할 때 더듬이 물지 않게 조심해
"*들어간것은나온다*" 아빠한테 배울 거는 그거 한 가지
그러니 어떤 체위도 겁먹지 않을게
우리의 가족애는 불도가니, 바닥만 남은 채 끓는 소릴 내지
언젠가 아빠가 내 애인이 되어주면
함께 우주의 무한을 향해 날아가면
분간이 가시넝쿨처럼 뒤엉킨다 해도 잘해낼 거야
우리들은 분간할 수 없으니까 한 치의 오차도 없으니까
한 방에서 나와 다른 방으로 갈 때
더듬이들의 엉킨 춤은 끝도 없을 거야
나는 11월에 태어나 12월에 태어나
13월에 나는 태어나

성스러운 가(街)

자유의 여신이 에펠탑에 앉아 나팔 부는가
탐스러운 천사마다 실리콘인가
넘치는 꿀물마다 아스파탐 맛인가
혀끝으로 끝나는 달콤함에 허기를 속이는가
언젠가의 집 한 채는 꿈꿀 수도 없는가
환(環) 같고 환(患) 같고 환(歡) 같고 환(幻) 같은가
러브호텔에서 연회장, 병원에서 소각장인가
스스로 진화해 과잉뿐인가
빌어먹을 달콤함에 꼬여드는가
벌레들 성장(盛裝)하고 향하는 건가
입구를 미는 손바닥이 봉투를 꺼내는 손가락이
인사말을 건네는 혓바닥이 녹아 쩍쩍 달라붙는가
둥근 거울의 자기들 부풀어오르는가
그게 누군지 점점 낯설어가는가
오늘의 초대장이 누구 건지 알 수 없는가
한 개의 도시 한 개의 거리 한 개의 욕망일 뿐인가
모두 사라져 텅 비는가
말라붙은 강바닥이 드러나는가
그래서 이토록 성스러운가

칼날의 한때

좋은 칼만 보면 나, 홀린다 무사용 칼도 아니고 등산용 나이프도 아니고 그냥 식칼, 잘 말라가는 오징어들처럼 반듯하고 환하게 내걸린 마트의 칼들이 응전의 자세로 내걸린 걸 보면 숨이 다 막힌다, 해(害)하는 칼에는 꼿꼿한 손목의 힘을 쓸 테지 해(解)하는 칼에는 유연한 마음의 힘을 쓸 테지, 단번에 생을 따내는 칼 끝없이 생을 발라내는 칼, 욕설과 밀어와 한숨과 탄성 속에서도 변함없이 눈부시게 반짝이는 칼

어느 섬나라에선 84만 번을 다시 태어나야 깨달음을 얻을 수 있다는데 그만큼의 이산(離散)에는 몇 번의 칼자국이 찍힐까 형체도 없이 짓이겨진 후로도 기억은 선명하여 둥근 도마 위로 날아가는 향내를 향해 멈칫하는 순간도 있겠지 빗금같이 무수한 상처뿐인 삶이 상처보다 아주 길다면 발을 헛디딜 때마다 찾아오는 기시감은 어디서 오는 걸까 이 마음은 언제쯤 뼈대를 드러낼까, 비둔한 매듭이라도 풀게 될까

날 때부터 뼈대뿐인 칼날을 발라내는 시간도 한때, 울어도 날뛰어도 비수처럼 달려들어도 한때, 차갑거나 뜨겁거나 끓어올라도 한때, 서서히 이가 빠지고 녹이 번지고 닳아 사라져도 한때인 칼날들이 부드럽고 아름다운 마블링을 겨눈다 넘치도록 침이 고이는 것도 한때, 절정을 향해 달려드는 칼날도 칼날을 향해 달려드는 마음이

속절없이 자꾸만 빛나는 것도 다만 한때

시태양시(視太陽時)

상가(喪家)에서 돌아오는 아침은 모두 햇것
이상하게 밝은 빛에 눈도 못 감고 뜨거워
너무 커서 듣지 못했던 태양의 울음소리
터지고 싶지만 끝내고 싶지만 그럴 수 없는
일생의 열감에 아찔하여 젖이 홀로 부풀 때

말갛고 미지근한 얼룩으로 지어지는 얼굴
낯설어 낯익은 입술에 젖을 물릴 때
다시 또 가팔라지는 울음
누가 더 가까운지 아까운지 슬픈지 대보며
각자의 조각들로 마지막을 그릴 때

시간은 시간을 얼마나 잘 지키는지
눈이 밝은 짐승은 밝은 채로
눈이 어두운 짐승은 어두운 채로
옳다 그래도 결구가 텅 비는 것은
가장 아름다운 것이 가장 무섭기 때문

한입 가득 젖을 물고 한 손으로 맞은편 젖을 움켜쥔
아이의 잇몸 가득 솟아오르는 단단한 이(齒)
흰 뺨 가득 차오르는 푸른 수염이
태양의 두개(頭蓋)였으니

뜨거워라, 놀란 숨이 툭 터질 때

이상하다 뿌연 이 안은 어디지
지금은 대체 언제지

연인들

제 창자 안에 구겨져 소시지가 되는 돼지는 어때 사냥개를 어미라 따라다니는 새끼 오리는 어때 태양이 달려오는 데 8분이 걸리는 건, 당신 얼굴을 알아보는 데 0.05초 걸리는 건 어때 나는 당신에게 가고 당신은 당신에게 자꾸 가는 건 또 어때 그걸 끌어당기면 어때

삼각형은 어때 내각의 합이 180도인 완전 삼각형, 평생 그걸 못 그리는 건 어때 우리가 그린 그 많은 삼각형, 그렇게나 되고 싶던 근사(近似)한 것들은 어때 불완전한 고백들은 용서들은 희망들은 또 어때

낙타를 사러 가는 건 어때 그곳에는 낙타를 칭하는 단어가 천 가지도 넘는다는데 그 많은 것들 중 단 하나로 당신이 당신의 낙타를 부를 때 내가 그걸 알아듣는 건 어때 낙타를 함께 타고 돌아오는 건, 둥근 낙타의 명랑한 등은 어때

5분 전의 당신과 5분 후의 당신이 다르다는 건 어때 다르다는 것에 익숙해지는 건, 익숙해지는 것에 익숙해지는 건 어때 익숙한 노래는, 익숙한 연애는, 익숙한 만취는 어때, 닮고 닮은 몸에 몸을 들여 집이라 부르는 건 어때

당신이라는 포즈는 어때 당신이라는 벼락은, 당신이라는 증후는 어때 당신이라는 태엽은 당신이라는 토핑은 당

신이라는 핫도그는 어때 당신이라는 꽥꽥은 갈수록 사라지는 우리들은 빌어먹을 이 모든 비렁뱅이들은 또 어때

이런 꽃

강남역 사거리 바디숍 쇼윈도 앞

소음에 소리 없는 8월의 오후 세시

네 발로 기는 자 핥아도 바닥인 자

왼손이 빛나는 동전을 떠받들 때

오른손이 바지춤으로 황급히 숨어들 때

질척한 고무 옷이 슬며시 부풀 때

축축하게 눌린 손이 서둘러 빠질 때

기를 쓰고 달라붙어 깊숙이 번지는 꽃

사라지며 아득해 한없이 지린 꽃

자청(刺靑)

손톱만한 惡, 푸르다

미워할 오(惡), 하고 싶었을까
악할 악(惡), 하고 싶었을까

푸른 오가 집게를 들면 푸른 악이 가위를 들고
푸른 악이 힘을 쓰면 푸른 오가 함께 애를 쓰니
문제가 많은 문제를 삼킨 살점들 하염없이 타들어간다

보이는 건 쉽게 지고 보이지 않는 게 남는다 할 때
저건 보여서 지는 쪽일까 보이지 않아 남는 쪽일까

오오 혹은 악악, 소리 높여 노래하며 설거지할 때
쌓여가는 불판 위 하늘도 질겁하는 밤

끈질기게 문질러도 끄떡없는 惡,
한번 잡은 흰 손목을 놓을 리 없다

사과를 안다

사과에 대해서라면 어떨까
떨어지는 사과는 최초 이후 한 번도
제 향(向)을 떨어뜨린 적 없으니
침묵이 키우는 해와 바람의 살점
침묵이 키우는 벌과 나비의 살점
씨앗에서 시작해 씨앗으로 끝없는
과육의 전후를 안다면 사과를
안다고 할 수 있을까

사과 주스 마실 때 나는 길고 유연한 관(管)
주스가 아니어도 언제나 뭔가의 통로
뜨겁거나 차가운 것이 따뜻해질 때까지
탁하거나 흐린 것이 맑아질 때까지
기다리며 가만히 감싸안을 때
내 가장 속의 관(管)에 대해 생각할 때

언젠가 다 지나도록 희미해 사라지도록까지
나를 기다리며 품고 있는 커다란 관이
세상보다 큰 공기(空器)라 할 때

파도치듯 가볍게 아래로 더 아래로
이어지는 거대한 물관의 중심이
지금이라 할 때

사과에 대해서라면 붉고 달콤한 호흡
미열과 현기가 닿는 깊고 차가운 대지
어디로 가는지 모른 채 삼키며
끝없는 통로를 조용히 빠져나갈 때
생각에 잠긴 사과 한 알

아마도 아닌 다시는 없는

잠들기 전 마시다 만 커피를 마시는 아침
붉은 머그컵은 길고 둥글고 매끄러운 손잡이
적당히 쓰고 어쩐지 시고 검게 비치는
케냐 커피는 커피, 아무 생각 없이도 향기로운
그러나 무언가 조금 빠져나간 약간은 덜한

오늘 또 보는 거울 두 눈과 코와 주근깨 입술 위의 점
둥근 몸 두 다리 허벅지의 흉터 손등과 발등의 푸른 핏줄
두 손을 들어 보아도 뒤돌아서 바라보아도 옷을 입고 보아도
나는 나, 오래전부터 이렇게 붉고 연한 살갗 속
그러나 무언가 조금 빠져나간 약간은 낯선

검정 소가죽 부츠 종아리를 감싸주는 길이
말 잔등에 올라타야 할 것 같은 모양 탄탄한 박음질
길이 잘 들어 빛나는 몸피 말굽처럼 경쾌한 소리를 내는
부츠는 부츠, 처음 샀을 때처럼 매끈한 선에 그 눈알 같은 칠흑빛
그러나 무언가 조금 빠져나간 약간은 지친

손을 어깨높이로 들며 잘 지냈어, 부메랑 모양으로 웃는 눈

잘 지냈지 악수하는 손 여전한 음성 허전한 손짓 가벼운 웃음
그렇고 그런 메뉴들 식어가며 말라버린 음식들 김빠진 맥주
당신은 당신, 즐겁고 가볍고 모호하고 비겁하고 흔해빠진
그러나 무언가 조금 빠져나간 약간은 희미한

알리바이 의심의 여지없는 지금 여기의 확연들
변한 건 없어 오른발 왼발 나란하다가 머리를 흔들며 성마르게
화내는 방식 절망하는 방식 헤어지는 방식 언제든 용서하게 되는 방식
그 모든 것은 그 모든 것, 악착같이 다시 또 그대로 변한 건 없는
그러나 무언가 조금 빠져나간 약간은 헐거운

안토니오 부치, 늙은 인형 에디슨 박물관에 앉은 전신
굵은 컬을 한 금발 머리 웃는 얼굴 내장된 음성과 드레스의 얼룩
백이십 년 전 그날 좋아라하며 받아 안던 귀엽고 예쁘고 사랑스러운
인형은 인형, 당장 품어 안아야 할 것 같아 두 팔이 절로 벌어지는

그러나 무언가 조금 빠져나간 아마도 아닌 다시는 없는

미러볼

동생이 엄마 속에 무덤 한 채 짓는 동안
민들레씨처럼 폴폴 뛰며 노래했지
생을 갖고 태어나는 아이들이 있다면
죽음을 품고 태어나는 아이도 있다고
웃기 위해 호명되는 자가 있다면
울기 위해 호명되는 자도 있다고
성에 낀 창으로 얼어붙은 자리끼 대접 위로
아이들의 눈동자 위로 열려 있는 목구멍으로
잔무늬 일렁이며 만드는 물결 헤치고
거울 속 엄마는 뒷걸음질치고
늙은 내가 엄마의 아이를 받을 차례가 왔으니
엄마가 힘차게 싱그러운 동생 밀어낼 때
거울 속 거울 옆 거울들 끝도 없이 이어지니
빛나는 표면을 들추고 나오는 분홍 손가락들
팔랑팔랑 눈부셔 눈뜨지 못하는 이 둥근

밤은 짧아, 그래도 응

기다릴 때 그때
마음은 어디 있지
박피라도 한 것처럼 공중에
사소한 것들에도 파르르
가벼운 것들처럼 위에
좋은 것들처럼 둥실 떠서
목을 빼고 한없이
한 자리에서 내내 네네
그러다 어둠이 들기 시작하면
안개처럼 독처럼 번져
몸속 가득차올라
등뼈가 서늘하고
배꼽은 고요하고
숨구멍들은 연신 하품
솜털들은 졸기 시작이야
마룻바닥에 잠긴 나무들 뻗대는 소리
벽속에 잠긴 모래알들 뒤치는 소리
어느 집 개가 어둠을 따라 짖고
허공을 타고 달리는 바람 소리
피거나 말거나 꽃들 모두
꽃의 이름을 하고 있으니
이토록 커다랗게 열린 용기 속
마침내 나란히 담기는 순간
검은 눈 검은 입술 검은 혀, 응

보이지 않아도 응
밤은 짧아, 그래도

투명한 양탄자

천사와 전사가 한 날개에 매달려 왔다
신음과 함성이 동시에 흩어질 때
폭죽처럼 터지는 악몽들

23살 청년 압둘무탈라브가
마른 입술에 침을 적실 때
아프간, 아프간 중얼거릴 때
허벅지에 매달린 폭탄은 귀 막은 자들에게서
눈 가린 자들 쪽으로 조준되었다

기웃거리는 자, 메시아는 이제
짝이 맞지 않는 퍼즐 판에 빠져버리고
읽을 수 없는 기도문은 사랑할 수도
믿을 수도 미칠 수도 없는 자들의
가슴을 관통했다

심장을 먼저 바친 자, 독배를 들어 건배할 때
젖은 예감만 싱싱하고
용병들의 얼굴은 오른편과 왼편이 다르게 변해가고
전투가 열리는 새벽마다 어느 발을 먼저 내딛을까
신탁이라도 받고 싶어했다

총탄이 반짝이며 날아가는 순간에도
산 자와 죽은 자들 서로의 머리칼을 이어

투명한 양탄자를 짜고 있으니

뜨거운 강은 깊어가고
확연한 파국이 퍼지는 사막은
붉은 먼지덩어리가 되어가니
악몽의 밤은 끝까지
끝나지 않는다

실종족

게임중인 어미가 우는 아기를 던지자 아이들이 박수치며 줄에 묶인 개를 패지
한 사내가 만삭의 아내 목을 조르자 두 사내가 이불 속 노모를 짓밟지

산 것들을 구덕으로 밀어 넣자 먹이를 삼킨 흙뱀이 꿈틀거리지
모르는 척 모두가 더욱 신속하자 두 개 세 개 해가 동시에 뜨지

끝까지 캄캄해 내일은 더 볼 것도 없어 언제든 너는 없어
실은 나 한 번도 믿은 적 없어, 마찬가지라고 네가 답할 때

거짓말이 비밀과 뒤섞일 때 눈물 흘리는 검은자위가 텅 빌 때
바르르 떨리는 돼지 꼬리들이 고막을 뚫고 나올 때

한번 보면 돌로 변하는 얼굴 깨져 부서져 사라져
돌멩이는 모래알은 먼지는 허공으로 흩어져

펄럭이던 거대한 침대보가 삭아갈 때
둥근 행성들이 하나씩의 점이 될 때

위로도 찬탄도 수사에 불과한 시간
모든 부호가 사라지고 말없음표만 남는 시간

그때 또 누군가 사라지기 위해
발을 끌며 나타나고

흡혈백작부인

17세기 초 헝가리 체이테성에 살던 바토리 백작부인, 사랑을 잃고 처녀들의 피를 짜내지 싱싱할 때 마시고 따뜻할 때 바르지 공포에 질린 피와 음울한 격정의 피가 섞이며 돌지 그가 입맞추던 자리를 따라 아름다워 젊어져라 영원히 어린 애인이 돌아올 때까지 성 한 채가 완전히 허물어질 때까지 식지 않는 마음은 하나의 중심을 향해 타오르니 정처를 잃고 먼지투성이 길을 하염없이 걷는 자처럼 점점 좁아지다 막히다 파열에 이르기까지 어둡고 검다 희미하게 사라질 때까지 외길뿐인 회로 속을 몸부림치니 시간의 목에 이를 박은 채 벽을 쌓고 지붕을 만들고 붉은 집 한 채 올렸으니 비린내는 이제 다 날아갔을 거야 들어가 가죽 포대를 편히 눕혀요, 모두의 욕정을 대신 조롱받았으니 부인은 나의 엄마 나의 언니 나의 일부, 나 또한 당신이면서 피를 나눈 수백 순백의 처녀였으니 상처가 전부를 삼킬 때까지 다시 붉어져라, 붉어져

요정 나만의 요괴

그녀는 얼마나 아름다운지 더는 할 수 없을 정도로 투명한 피부를 벗기고 또 벗겨 쌓인 가죽을 딛고 조금 높아진 것도 같은데 아름다운 검은 눈 아니 회색 아니 초록 아니 지금 막 보랏빛 눈동자는 얼마나 커지는지 변하는지 더러 찢어지기도 하는지 가슴은 얼마나 아름다운지 커지는지 더 커지는지 더러 터지기도 하는지 다리는 얼마나 긴지 길어지는지 잘라 이어 붙이다가 두 번 다시 못 걷게도 되는지 아름다운 얼굴은 작아도 작게 더 작게 두 번 다시 볼 수 없게도 되는지 아파도 슬퍼도 절대 안 울어 웃지 않아 내색만은 못하는 사랑스런 그녀 끝나도 썩지 않는 요정 나만의

아이슬란드, 얼음 식탁

오로라가 펄럭거리는 거리
우리들의 이마 위로 덜커덕,
차가운 결론은 떨어져

돌아오는 길은
새로 쌓인 눈 밑에 잠겨
몸은 자꾸 가벼워
발자국은 점점 희미해

바닥이 두꺼운 냄비에 야채수프 끓일까
국물은 바닥에서 천정으로 튀어오르고
철퍼덕 철퍼덕 레인지 주변으로 넘쳐흐르고
부엌을 넘어 현관문을 넘어 대문을 넘어 도로를 넘어
오로라는 홍당무 주홍 샐러리 초록 감자 연노랑 양파 하양

주홍이 초록의 허리를 감고 초록이 연노랑의 손목을 잡고
연노랑이 하양의 발목을 잡고 하양이 주홍의 목을 조르고
지칠 때까지 분간이 안 갈 때까지 그리고 모르겠는
눈빛과 향기와 음성과 감촉들이 뒤섞일 때까지
까마득히 익어간다 잊어간다 잃어간다

왼 가슴을 이렇게 누르고 있어도
펄떡대던 심장은 뜨거운 수프 속으로
하나 둘 셋 이렇게 뛰어들고 싶어
소진하면서 날아가면서 사라지면서
까맣게 탄 강바닥에 고이는 새카만 어둠
별자리처럼 뜨문뜨문 휘어진 채 말라가는 자국

특별한 운명 특별한 시간 특별한 허기를 위해
얼어붙은 강으로 만든 식탁 위로
차가운 그릇이 비어간다 뚜렷이
삼킨 기억도 없이

코코샤넬은 정말

검정과 하양 사이에서 결코 길을 잃지 않는다

북쪽은 끝까지 북쪽, 당신은 끝까지 당신

우리들은 닳도록 그녀를 입고

클래식한 사랑을 나눌 수도 있는데

밑실 끊기며 사라진 결말

소문으로 떠오르는 하루는

지루한 농담으로 지쳐가는데

자신의 방식으로 시작해도

타인의 방식으로 끝나버리니

착할 필요 없다고 사과하지 말라고

허락되지 않은 바로 그걸 하라고

꺼진 밤처럼 불가사의하라고

앞을 향해 달라지라고, 코코

넘버 파이브를 입은 채 노래하는데

그녀는 정말 원하나

나는 원하나

맛있는 자기(自己)

작고 흰 개는 달고 부드러운 맛이라 했지 사랑하면 먹기도 하는 거잖아 저 좀 봐 열에 달떠 무모를 삼키는 클라이맥스, 맛있지 맛있어 맛있을 거야

두 번 다시 돌아갈 수 없었어 엉켜버린 횡단보도와 뿌리 들뜬 가로수들 대체 누가 진짜인 거니 끝은 없는 거니 거짓과 거짓 사이 뱅글뱅글 돌기만 하는 거니

죽은 채로 태어나는 인형들처럼 스스로를 토해내는 취객들처럼 선명하게 불길한 파이터처럼 두려움을 향해 구부러진다 형상기억합금처럼 숙명이라도 되는 것처럼

미아처럼 제 울음만 듣는다 제 심정만 안다 그러니 허기가 질기게도 따라 붙는 거야 떠나온 곳도 떠나갈 곳도 삼켜버리는 거야 저기부터 여기까지 하나같이 없어지는 거야

침이 고일 때마다 홀짝, 침을 삼킬 때마다 홀짝 실은 모든 게 허기 탓이었어요 그런데 참 이상스럽게도 맛있어, 자기야 맛있지

3부 입술이 입술인 것을 잊지 않을 때

동물원 시계탑

바닥이 오그라들 거야 시침이 초침으로 변할 거야 빠르게 졸아들 거야 희미한 하나의 시점에서 확연한 하나의 종점까지 모든 발자국은 얼룩일 거야 얼룩말도 돌고래도 앵무새도 흔들리는 얼룩, 너무 멀리 달렸다는 건 너무 오래 달렸다는 뜻, 이젠 그만 해야 할 때 숨이 가쁜 직전의 얼룩을 마침표라 부르게 될 거야 조금 큰 얼룩 속으로 들어가게 될 거야 감은 눈을 찌르는 빛을 흔드는 먼지를 흘러내리게 하는 눈물을 마르게 하는 믿음을 의심하게 만드는 째깍째깍, 맹렬히 달려갔다면 맹렬히 돌아올 거야 빠르게 솟구쳤다면 빠르게 처박힐 거야 무거운 추를 단 요요처럼 기어이 가운데 더 가운데로 파고들 거야 그사이 가장 사랑했던 것이 가장 지독해질 거야 심장이 폭탄으로 변할 거야 마침표가 사라질 때까지 째깍째깍

투과족

토씨 하나 바뀌지 않는 변명과 약속, 주어는 없다 상관없어 목적어도 없다니까

같은 채널 같은 얼굴의 후보들 같은 상표의 맥주와 커피와 크래커

요번만은 믿어달라는데 푸틴은 삼선, 티베트는 분신 전쟁은 여기 또 저기 국경선은 뒤죽박죽 그게 아니라니까 어제 했던 말은 여기도 저기도 내일도 그렇다니까 동사만 남았다니까

이렇게 자꾸 걸어나가면 죽은 자들의 신이 산 자를 신고 오겠네 하늘에서 신들이 후두두둑 떨어지겠네 머리통을 휘갈기는 신, 더러워 지루해 비뚤어져 환멸하는 신

알면서도 슬픔과 진실이 뒤섞이다니 또다시 믿어 의심했다니 희망했다니

왜일까, 궁금한 척 뒤척이다가 처음과 같은 체위로 달라붙어도 각자의 사정은 각자의 사정, 더이상 뜨거워지지 않아 그러니까 그렇게까지 속이고 싶으면 속이라고 죽이고 싶으면 죽이라고

모조 같은 해가 뜨고 질 때까지 우리는 우리를 깨우지

않는다 견고한 우리 속에 납작 엎드려 떨기는 한다 비명 소리는 들리니까 나무들은 쓰러지니까 깊은 바다 밑까지 불길은 타오르니까

그래도 상관없어 우리는 지나가는 사람들, 쓸 일 없는 혀는 질경질경 씹으면서 쓸데없는 눈알로는 저글링을 하면서 고통의 박자로 긍정하면서 감쪽같이 현실을 빠져나가면서 쓸데없이 한번 더 독해지면서

갑을의 방식

내가 칼자루를 잡고 있으니 너희들은 칼날을
잡아야 하잖아 칼날이니 그 마음 철철 흘릴
수밖에 겁먹어 그 끝을 움켜잡을 수밖에 베이며
끊겨나갈 수밖에 이게 바로 갈 때까지 가는 법 갈 데
까지 가는 법 칼이 무뎌질 때까지 칼이 받아낼
끝까지 고통으로 사라질 때까지 무의미한 과거형이
될 때까지 그것으로 마침내 통과하기를 그것으로
한몸의 눈동자가 되기를 내내 한 방향이기를 보지 않고도
볼 수 있기를 오른발과 왼발처럼 차례로 향하기를

을이 평생토록 맛볼 수 없을 햄버거와 초콜릿, 제대로
드립한 커피 한잔에 이르기까지 모르는 척 하는 사이 아무도
진짜 갑이 아닌 척 하는 사이 테이블 밑에 떨어진 동전이
생각난 스크루지들 스스로 쇠사슬을 되묶고 금고 문을 다시
잠그고 사라지는 익숙한 악몽 속으로 걸어들어간다는 건데 햄버거
어린이 세트 사면 끼워주는 장난감은 빈민국 아이들 눈물의 조립 혀에
닿으면 녹아 사라지는 초콜릿은 아프리카 카카오농장 아이들 땀의
조립 아메리카노 커피 한잔은 커피재배농장 아이들 상

처의 조립

조립을 위해 허공의 칼날들 엉성한 난도질을 한다는
건데 지금 내가 칼자루 놓아 버리면 너희들 그 칼날 놓을
수 있니 칼날의 상처들 견딜 수 있니 그나마 한끼
이어갈 수는 있니 자못 깊은 시름처럼 근황을 염려하기도
하는 건데, 손을 씻는다 입이 단데 손만 씻는다 하얗다

넌 네가 얼마나 행복한 아이인 줄
아니 넌 네가 얼마나 불행한 아이인 줄 아니,
아니

우각호(牛角湖)

어떻게 우는 건지 잊어버렸어 이곳은 둥글고 비스듬하고 어둡고 쓰지 얼마나 오랫동안 울었던 거니 맛과 향이 사라지도록 벽들이 흐물흐물해지도록 두 발이 퉁퉁 붓도록 흉터를 채우는 상처처럼 상처를 채우는 살점처럼 빈틈없이 가득히 울었어 포도알이 포도나무 이전 포도 씨앗 이전 바람과 햇살과 먼지 이전 모든 것이 아무것도 아닌 것이 될 때까지 울었어 줄 게 없어 잃을 것도 없이 텅 비어 구불구불한 강이 구부러진 호수를 낳았어 하늘로 향한 심정 위로 약속처럼 뿔 나팔 소리, 퍼져가는 파문들 위로 가득 고인 울음들이 차가워 두려워 두 번 다시 알고 싶지 않을 만큼 아름다워 어떻게 울었는지 잊어버릴 만큼

죽은 죽음

죽은 것으로 만든 음식
죽은 음식으로 영그는 살
죽은 살로 자라는 나무
죽은 나무로 만든 악기
죽은 악기로 부르는 노래
죽은 노래로 지겨운 파티
죽은 파티로 지는 꽃들
죽은 꽃들로 시작하는 사랑
죽은 사랑으로 웃기는 당신
죽은 당신이 뱉어낸 고백
죽은 고백으로 만드는 추억
죽은 추억으로 버티는 삶
죽은 삶으로 환해지는 진실
죽은 진실로 자라는 집
죽은 집으로 부푸는 도시
죽은 도시로 상해가는 나라
죽은 나라로 꼬여드는 전쟁
죽은 전쟁으로 번지는 병
죽은 병으로 죽은 죽음

빨강의 이름으로

전쟁중인 수용소 하늘에서
립스틱이 비처럼 쏟아졌다니
다 죽어가던 여인들이 살아났다니
밥도 아니고 옷도 아닌 그것에

벌레들이 기어다니는 컴컴한 바닥
오물을 딛고 담요만 걸친 채로도
빨강들이 꿈틀거리기 시작했다니

살기 위해 벌레를 잡아 삼키는 빨강과
핏기 가신 입술에 부들부들 바르는 빨강과
뭉개 바른 입술 벌린 채 눈 못 감는 빨강까지

입술이 입술인 것을 잊지 않을 때
심장이 심장인 것을 잊지 않을 때
지금은 지금인 것을 잊지 않는다

말없는 아가리를 열어젖혔다
주먹을 날려 터뜨렸다
손톱을 세워 발라냈다
생생한 것들이 피어났다
시간을 삼켜 거침없이 낳았다

지겨운 죽음,

넌 끝이다

달의 어두운

1

큰 바람이 있었다 나뭇가지가 부러져나갔다 밑동이 잘려나갔다 초록 비린내가 진했다 개와 고양이가 날아다녔다 울음소리는 들리지 않았다 창마다 푸른 테이프를 두르고 숨었다 멀지 않은 곳에서 바람의 차례로 깨져나갔다 바람을 타고 날아간 여인도 있었다 흔적도 없이 폴리스라인만 흔들리고 있었다 바람이 잦아들어 테이프를 떼었다 악착같은 자국이 떨어지지 않았다, 그녀는 달라붙지 않았던 것이다

2

환한 등의 속이 새까맣게 타들어가는 줄 몰랐다 언제부터였는지도 몰랐다 이미 없는 사람에게 말을 했다 이미 없는 사람이 답을 해왔다 잠시 우리는 있는 사람이 되었다 등의 내부에도 뭔가 있었다 시야가 길고 둥글게 변했다 들어오는 문도 나가는 문도 없었다 진공 속에서 전부를 탕진하는 거라 들었다 아름다움을 쓰니 추해졌다 당신을 쓰니 텅 비었다, 이런 탕진도 있다

3

제 오줌으로 연명하는 자가 있다 아침마다 투명한 잔에 받아 들면 밤새 고인 노란빛의 내부로 지독한 하루 치 시간들이 떠다녔다 얼마나 이 짓을 더해야 하는 거야, 손을 떨며 한숨 쉬며 마셨다 제 물기로 피워내는 꽃들도 있

다 피기 시작하는 것인지 지기 시작하는 것인지 희미했다 아무도 궁금해하지 않았다

4

너무 많은 못을 박았다 어떻게 던져도 걸렸다 무엇을 던져도 걸렸다 벽이 못이 되었다 못이 벽이 되었다 새까맣게 타죽은 기억들이 매달렸다 손 내밀 수 없었다 옴짝달싹 못했다 사지의 밑단부터 새까맣게 말라갔다 움직이려 애쓸수록 부서졌다 언제 내게 날개가 있었을까 나는 달라붙어 있었던 걸까, 빛을 쓰니 어두워졌다

이제 그만, 메리 크리스마스

나는 당신을 사랑하고
당신은 레넌을 사랑하고
레넌은 요코를 사랑하고

나는 당신을 사랑하고
레넌은 거의 사랑하지만
요코까지 사랑할까

요코에 대해서라면 요코가 제일 잘 알아
그녀를 사랑하려면 그녀가 되어봐야지

그녀가 되려면 그녀가 아니라는 걸 잊어버리기
이건 제로섬 게임, 나는 점점 요코

요코는 지금 레넌을 들으며 레넌이 아니라는 걸 잊어버리고
당신은 지금 레넌을 사들고 레넌이 아니라는 걸 잊어버리고

레넌들이 레넌들과 나른하게 달라붙고
눈송이들이 눈송이들과 메리, 메리 크리스마스
뭘 잊으려던 걸까 다 알면서

당신은 단 한 번이면서 끝도 없으니

메리 크리스마스, 이제
그만

어딘가, 무지개 넘어

가시(可視)는 각자의 것, 당신은 적색 너머에서 슬프고 나는 자색 너머에서 슬프고

노란 등 아래에 설 때마다 당신은 붉은 모자가 아니고 나는 이 원피스가 이상해

빛이 빛을 쓰다듬는 모양 빛이 빛을 쓰다듬는 소리 가득히 비어 있는 빛살의 틈새

잊어버리기 전에 기억해내야 하는데 60초가 될 때마다 사라지다니 다시, 다시

그랬구나, 당신 것은 고스란히 남은 그것의 양화 어쩌면 음화

몇 만 년쯤 지나 알아차린다 해도 진흙의 두개(頭蓋)로 열린다 해도

우리들을 겹치면 보이지 않아, 놀라워라 아무것도 없어

어두운 거미줄에 직사광이 걸릴 때 그걸 흔드는 허밍이 올 때

무지개를 넘을 때 그렇구나, 당신은 당신이 아닌 나는 내가 아닌

그래도 우리가 사랑할 때 우리는 우리가 아닌 사람들

우리가 없는 곳에서 우리는 산란(散亂)해

아무데도 없는 곳에서 우리는 찬란해

어딘가, 무지개 넘어

꺼진 방은 검정 당신도 검정

꽃피던 자리는 비었습니다
꺼진 방은 검정 당신도 검정
아니 당신은 당신 나는 나
검정이 켜질 때 시간은 꺼지고
각자의 방식으로 낯설기 시작입니다

두 손이 가닿았던 목덜미
목덜미에 이어졌던 심장
사랑할 때 우리는 쿵 쿵 쿵
이렇게 맞추어 걸었던가요

의심에 떠는 항상이라면
나침반은 끝도 없는 내일입니다

찬 울음이 붉은 시간을 가를 때
검은 새가 순식간을 채어갈 때
요동치던 마음은 허전입니다

모든 것이 아무것도 아니었다면
다시는 돌아오지 않겠습니다

허공이 끓을 때마다 매미 소리
탄식뿐인 음성은 뚝뚝 지고
심장은 점점 작게 더 작게

이명은 점점 크게 더 크게
사라진 두 손만 뜨겁습니다

로비 러브

그는 그녀를 바라보았다
그녀는 그를 바라보았다
그는 천천히 손가락을 움직였다
그녀도 천천히 되풀이했다
둘 다 고개를 끄덕였다

그는 그녀를 바라보았다
그녀는 그를 바라보았다
그는 빠르게 동작을 되풀이했다
그녀도 빠르게 되풀이했다
둘 다 고개를 끄덕였다

출발 시간을 알리는 스피커 소리
핸드폰 너머로 소리치는 사람
가방을 끌며 달리는 사람
손나발로 크게 외치는 사람
넓고 넓어 시끄러운 로비

네 개의 눈동자만 있었다
두 손, 열 개의 손가락만 있었다
빠르게 더 빠르게 사랑해, 사랑해
아무 소리도 들리지 않았다
두 사람만 있었다

일어나, 거인

굶주림과 두려움에 사로잡혀 고아처럼 쪼그리고 앉아 있구나 돌멩이만큼 작게 보이는 마을을 뒤로하고 우물만 하게 보이는 바다에 두 발을 담고 초승달을 머리에 인 채 목을 비틀며 대체 뭘 보고 있는 거니 흐트러진 눈빛과 엉켜버린 머리칼 부르튼 입술 너무 커버려 이젠 어디에도 숨을 수 없겠지 너는 지금 거인이고 앞으로도 계속 거인일 거야 직전의 한 걸음 때는 가르던 공기가 달라졌겠지 얼음송이처럼 차갑기만한 눈들이 담벼락에 다닥다닥 붙었을 거야 그때 너는 한겨울 깊은 우물 동그란 암흑 같았을 거야 내가 예언하지, 모든 게 사라질 거라고 그 밤 초승달도 검정 옷도 숨어들어간 구석도 다 사라질 거라고 그러니 단 한 단어만 남기라고 그것에 전부를 걸라고 이제 일어나 스스로의 오줌이라도 삼켜 배를 채우라고 머리 빗고 노래하라고 숨지 말고 감추지 말고 걸어나가라고 위반하고 저지르고 더럽히라고 끝끝내 자유로워지라고 더욱더 거대해 누구도 두려울 일 없는 진짜 거인이 되라고

나비 이야기

소철꼬리부전나비는 태풍이나 기류를 타고 필리핀 대만 같은 남쪽에서 날아와 살다 사라지는 나비 종(種)이다, 해진 날개를 달고 참 멀리서도 온다 또한 이것은 사라진 동네의 직전 이야기 파산하여 날아오른 늙은 부부 철거를 앞둔 가게로 숨어들었으니 구가에서 살아남은 크리스털 접시들 숨죽인 채 시커멓게 질겁하고 갱도처럼 열린 수채 구멍으로 거대한 바퀴들만 날아오르고 약포지만한 아침별이 구겨져 떨어지면 외진 변소의 붉은 등이 불길한 석양을 몰고 오니 악취로 가득찬 구덩이를 향해 피우다 만 담배를 던지는 사내의 두 팔만 방금 밟힌 벌레처럼 떨고 있다 아침이면 새로 진설한 사자밥이 쓰레기와 함께 뒹굴고 무너지는 몇 집들의 먼지 앉은 밥상 위로 기이한 날개 자국 선명히도 찍히니 살아남은 소철 잎줄기로 소철꼬리부전나비 애벌레들 푸른 속살 파먹느라 분주한 계절의 일이라 했다

하치

쓰레기 같은 집에서
쓰레기 같은 자들이
쓰레기 같은 아이들을 만든다
집이라고 부른다

쓰레기 같은 걸 먹으면서
쓰레기 같은 걸 보면서
쓰레기 같은 짓을 하면서
삶이라고 부른다

언제나 쓰레기 같기만 하다니
대체 언제 진짜 쓰레기가 되나요
아무리 크게 말해도 소리가 안 난다
입이 없다 없었다 없을 거다

이것은 옮으니까 자라니까 퍼지니까
더욱더 이런 것이 된다 끝끝내
끝인 줄도 모른 채 끝난다
쓰레기 같은 그 집에서

삶은 소년

사탕 항아리 속 어느 게 눈동자인지 알 수 있겠니
사탕은 없어요 눈동자도 없어 총알만 가득한 걸요

한눈에 반한다는 말을 모르니
한 방에 간다는 말은 알아요

우린 병아린데 왜 자꾸 삶은 달걀을 줘요?
목마른 거야말로 생생한 진실이야, 너도 목마르지?
목마르다는 걸 잊어버리면 해결돼요

총알을 또 살 거예요, 이유는 없어
과잉이 문제지 슬픔도 기쁨도 너무 넘쳐
타이밍이 문제예요, 너무 익은 달걀이나 드세요

내일이 온전할 거라고 아무도 장담 못해
사랑 대신 수음을 택했어요

용서할 수 있겠니 너를 향해 총을 쏜 나를 말이야*
실낙원을 믿어요? 달걀보다 사과가 매력적이긴 하죠

물 마른 강바닥에서 아가미를 떠는 물고기 꿈만 꿔요

얼룩말처럼 길들지 않는 아이야
그 바닥에서 이 바닥까지 한걸음에 뛰어봐

그건 얼룩말 얘기고요, 닭이라면 이런 식으로 뛰어내려요

우린 대중적인 햄버거를 먹고
대중가요 후렴구만 따라 부르죠
춤을 추고 싶으면 춤을 춰

총 쏘고 싶을 때 총을 쏠게요

* Sonic Youth, 〈100%〉.

동지(冬至)

모두 어디로 사라지나 밤새 이상했던 귀신들
두 눈은 새빨갛고 눈 밑은 시커먼 귀신들
전철역 화장실에서 피씨방 화장실까지
아파트 옥상에서 후미진 주차장까지
낳자마자 버리고 싶을 아이를 낳으러 가지

방외(房外)는 더 겨울, 이렇게 끝도 없이
밤이 가고 밤이 온다 눈 뜰 수 없다

왼손으로 오른 속목을 잡고 내가 죄인이라
오른손으로 왼 손목을 잡고 내가 목자라
양손으로 입을 가리며 내 죄를 사하노라

제일 긴 밤 내내 아이들은 붉은 팥죽처럼 끓고
뜨겁고 불안해 무섭고 가득해 숨 못 쉬는 순간

두 손을 뻗어 아주 작은 해를 받아 안을 때
팥죽 속으로 둥글게 떠오르는 새알의
숨구멍이 연하게 오르내리기 시작했으니
팥알 같은 눈을 한 아이가 아이의 젖을 물 때
철갑 벙커 속 겨울은 물러나기 시작하고

어제 만나요

배고파요? 어제가 되면 내 구두로 과자를 구워줄게 싱싱해 진물에 젖을 거예요

기억하지 않을 거야 차라리 나 언제나 배고팠어

구두를 다 먹으면 과자를 신고 다녔잖아 아무리 걷는다 해도 달콤했어요

날 좀 꺼내 줘 여기서 죽었잖아 절대로 거짓말만 할 거야

사랑이라는 구더기 진짜라는 구더기 영원이라는 구더기 너뿐이라는 구더기, 당신은 우글우글한 개새끼 죽은 내 새끼 잘려나간 오른팔 그러니 당신은 오래전에 찾아올 자 언젠가 사라진 자 한 번은 진실일 수 있도록 부드러운 허기로 목도리를 짜줄래요 점점 조여 뜯어낼 수 없도록 질긴 매듭 지어줄래요 어서 먹어요 따뜻해요 끝까지 사라져요 어제는 우리가 만나는 날 어제는 우리가 시작하는 날 어제는 우리가

출사탕기(出砂糖記)

나를 향해 고개 돌릴 때 꽃송이들 무더기로 피어나고
숨이 덥고 앞이 안 보이고 도망가자
한숨 내쉴 때 다시 고개 돌릴 때 둘러싼 꽃들 무너지고
모세의 그날처럼 바다는 등뼈를 곧추세우며 갈라지니
왼편의 간절함과 오른편의 덧없음이 만나고
안간힘으로도 물거품들 부풀다 사그라지니 도망가자
손잡으면 파도는 두 손을 싸고돌고
안으면 파도는 두 몸을 싸고돌고
그래도 좁힐 수 없는 틈이 남으니 시간이 없어, 도망가자
서로의 결핍을 파고들며 마주 선 시간을 관통한다 해도
도망가자 순식간에 전 생애가 이해되니
이대로 아무것도 아니래도 좋아
좋아 움직이지 마 숨도 쉬지 마
무엇이 멀리서 당긴 걸까 알 수 없는 일이지만
그래도 아름답다, 그렇지?
두 눈이 내려앉는 깃털처럼 웃는다
날아가는 깃털 잡을 수 없는 깃털
음성은 귀를 채우고 눈을 채우고 바다를 채우니
높아가는 수면 위로 흰 손가락 동그라미
점점 작게 더 작게 잠시 났던 길은 흔적도 없다
이 바다는 보름과 그믐마다 애타도록 천천히 제 속을
드러내지만
예언자도 시나이(Sinai)산도 보이질 않으니
도망가자 달 바다 당신이 출렁

그럴 수밖에 없는 거야, 더는 예전 같지 않겠지
아무 일 없는 물고기 갈매기 고래들 사라진다
아름다운 수식처럼 처음과 끝이 들어맞는다
나 차라리 그대를 달게 삼켰으면 삼켜졌으면
겹쳐진 물거품처럼 겹눈처럼 하나로 보고 말하며
감쪽같이, 도망가자

피는 피

숨김없지, 피는 숨김없이 전부를 걸지 떨릴 때도 슬플 때도 뜨거울 때도 숨찰 때도 귓불과 입술, 손톱과 음순에 이르기까지 두려움 없이 달려가 피어나지 외길의 전방만 향하는 피는 변명도 설명도 없는 맹목, 숨마다 걸음마다 쿵쿵 소리 내며 염천의 햇발처럼 확확한 자국 남기지 처음일 때 문 열고 나오는 피, 끝일 때 문 닫고 나오는 피, 구멍마다 기어이 피어나는 피

Happy Birthday

문을 열고 들어와
손에 쥔 새를 보여줘
새를 날려 보내
새는 너의 손
손이 벽을 열어
손이 개를 낳아
손이 컹컹 짖어
손이 백조를 낳아
손에서 물비린내
손은 마르지 않아
손으로 강물이 흘러

개에게서 물비린내 벽이 컹컹 짖고 백조가 손을 낳아도 몸은 기억해 찢겨지며 원점을 열어 숨쉬는 거 한번 해볼까 눈뜨는 거 한번 해볼까 경쾌하게 손 흔들어볼까 아라베스크풍으로 팔다리를 엮어볼까 벽을 타고 오르며 넝쿨의 끝을 잡고 해피 벌스데이 소리쳐볼까 아니, 가만히 심장 위에 무한대를 그릴래 발자국이 별처럼 찍혀 앞으로 계속 앞으로 거기의 것은 거기에 저기의 것은 저기에 사라진 것은 사라진 것 잃은 것은 잃은 것, 불의 염통은 내려놓고 불이 될 차례 얼어붙은 심장은 내려놓고 얼음이 될 차례 오늘로의 도착을 환영해

동물원 다녀오는 길

암수 얼룩말을 몰아넣어도
시에고데아빌라(Ciego de Avila) 동물원의
의도와는 무관한 얼룩나귀 새끼가 나온다
나귀 같기도 하고 말 같기도 하고
나귀도 아니고 말도 아니고

세간의 이종교배들
이유가 없을 수 없는 동물원
아비를 알 수 없던 거룩한 사내 이후
무슨 일이 벌어지고 있는 걸까

거미인간새끼 인간원숭이새끼
더러운 혈통이라고 결핍이 있었다고
아무것도 몰랐다고 어쩔 수 없었다고
빙글빙글 돌아가며 춤을 추고 있으니
원하는 자리에서 절대 멈출 수 없으니

동물원 놀러간 아이들이 돌아오는 저녁
왼쪽 오른쪽 앞으로 뒤로 동시에 끄떡거린다
모두 함께 호래자식(胡來子息) 환향녀(還鄕女)라고
거울을 볼 것도 없이 똑같이 늙어버렸다고

* 2011년 쿠바의 시에고데아빌라 동물원에서 나귀와 얼룩말의 혼혈인 얼룩나귀가 태어났다.

알아 그래 몰라

웅얼거리며 바라보며 흐느적거리며 스타트, 늘어지며 쓰러지며 향하며 갇히며 당하며 벌리며 묻는다, 토하며 씹으며 짖으며 부풀며 쓸쓸하니? 삼키며 핥으며 달아나며 추해지며 부르며 즐겁니? 헐떡이며 끔찍해 찌르며 할퀴며 해치우며 지겨워 와글대며 흔해빠지며 소란하며 창궐하며 다시 돌아와 그렇게 부끄럽지는 않아요, 허물어지며 말라비틀어지며 희미해지며 잊지 못하며 끔찍해지며 오버, 아름다우며 흥얼거리며 날아가며 보이지 않으며 없으며, 그래

중독

처음이라는
진짜라는 영원이라는
거짓이라는 아무것도 아니라는
9회 말이라는 마지막이라는
역전이라는 희망이라는
중독, 이건 스도쿠 게임
한 칸에 하나씩의 수(數)만 쓸 수 있으니
물구나무 자세로 차가운 고요를 내쉬었다면
끓어오르는 치욕을 들이마실 순서
천국과 지옥을 함께 준대도 좋아,
좋아서 8자 춤을 춘 거라면
준비된 파국을 짓씹는 순서
하루 같은 일생을 살아왔다면
일생 같은 하루를 견딜 순서

이 완벽한 결함은 사랑할 수밖에 없어 이토록 기이하게 허튼 짐승, 내가 알고 있는 건 모두가 알고 있는 것, 귀 기울여 들을수록 퇴화해가니 생각하지 않는다 고로 나는 존재하지 않는다*, 조금 울고 조금 웃는다

* 나는 생각한다. 그러므로 나는 존재한다. 데카르트.

문학동네포에지 079

중독

초판 인쇄 2023년 8월 8일
초판 발행 2023년 8월 18일

지은이—김박은경
책임편집—김민정
편집—유성원 김동휘 권현승 유정서
표지 디자인—이기준 이보람 / 본문 디자인—유현아
저작권—박지영 형소진 최은진 서연주 오서영
마케팅—정민호 박치우 한민아 이민경 박진희 정경주 정유선 김수인
브랜딩—함유지 함근아 박민재 김희숙 고보미 정승민 배진성
제작—강신은 김동욱 이순호
제작처—영신사

펴낸곳—(주)문학동네
펴낸이—김소영
출판등록—1993년 10월 22일 제2003-000045호
주소—10881 경기도 파주시 회동길 210
전자우편—editor@munhak.com
대표전화—031-955-8888 / 팩스—031-955-8855
문의전화—031-955-2689(마케팅), 031-955-8865(편집)
문학동네카페—cafe.naver.com/mhdn
인스타그램—@munhakdongne / 트위터—@munhakdongne
북클럽문학동네—bookclubmunhak.com

ISBN 978-89-546-9370-7 03810

—잘못된 책은 구입하신 서점에서 교환해드립니다.
기타 교환 문의 : 031-955-2661, 3580

www.munhak.com

문학동네